快速列車謀殺案

Sherlock Holmes

SHERLOCK HOLMES

U0054068

大偵探
福爾摩斯
——快速列車謀殺案——

鞋帶、曲奇、草蓆

深夜，孤兒院的大房就像一個偌大的集中營，數十張棺材似的匣子床整齊地排列在牆壁的兩旁，裏面躺着的全都是五至八歲不等的小童。他們出身各異，但有一點是共通的，那就是——都是被父母遺棄的孤兒。

這時，「噹……噹……噹」的響起了鐘

聲，已是11點了。

突然，一個小童在床上翻了一下身。接着，他悄悄地抬起頭來，看了看睡在鄰床的小麥。

呼嚕⋯⋯呼嚕⋯⋯呼嚕⋯⋯呼嚕⋯⋯

小麥發出了輕輕的鼻鼾聲，睡得很香。

「嘿，給院長狠狠地揍了一頓，本來已哭得

死去（活）**來**的呀，沒想到現在竟睡得像死豬一樣。」小童心中暗笑，「也好，他睡着就不礙事了。」

想到這裏，小童悄悄地跨過床框的圍板下了床，並**不動聲色**地光着腳丫子走到每張床的旁邊，逐一確認室友們的動靜。幸好，他們和小麥一樣，除了發出輕輕的鼻鼾聲外，全都靜悄悄的，看樣子都熟睡了。

「嘿，睡吧、睡吧。千萬不要醒啊。」小童仿似唸着咒語似的，心中興奮地低吟，「我小布今晚要狠狠地**大幹一票**，不成功不罷休！」

「差點忘了。」小布想起甚麼似的，回到小麥的床邊蹲下，並從口袋中掏出一根**小鐵絲**，像穿鞋帶般把鐵絲穿到兩個**鞋帶孔**

⑤

上，「嘿，這樣的話，小麥這笨蛋就不會常常因為掉鞋子而受罰了。」

為小麥弄好鐵絲鞋帶後，他躡手躡腳地走到門旁豎起耳朵細聽。當肯定走廊外沒有動靜後，就悄悄地打開門走了出去。

藉着窗外透進來的月光，小布走過幽暗的長廊，去到走廊盡頭的一個房間前面。他舉頭瞥了一眼釘在門上的名牌，心中不禁打了個寒顫。

「院長室」——一個好莊嚴的稱號啊！小童們在這裏走過，都會放輕腳步急急遠離。他們知道，要是被大胖子院長碰見的話，就注定倒霉。他會

不問情由地賞你一個耳光，心情不佳時，更會一手抓住你的腦瓜子往牆上撞去。小布有一次躲避不及，就曾被撞得**頭破血流**。

「咔嚓」一聲，小布撐了一下門把，順利地打開了院長室的門。

「哈！竟然沒上鎖，太幸運了！」他心中大喜，趕忙躡手躡腳地潛了進去。

這裏對小布來說是個熟悉的地方，每次他犯了事，都會被抓進來吃一頓「藤條燜豬肉」。不過，生性機敏的他在被抽打時已把室內的擺設都一一記住。那個放在辦公桌上的大玻璃瓶特別惹人注目，因為，裏面放滿了令人**垂涎欲滴**的曲奇餅呀。

「豈有此理！打吧打吧！我一定要偷幾塊來吃！」小布在屁股被院長打得開花時，心中已

發下「毒誓」。

他竄到期待已久的玻璃瓶旁邊，用力地撐開了瓶蓋，迅速抓了一塊曲奇餅叼在唇邊。接着，他又伸手進瓶中抓多了兩塊，並馬上把瓶蓋蓋上。他知道，一下子偷太多，可能會被生性多疑的院長發現，到時麻煩就大了。

「嘿！臭院長，知道我的厲害了吧！」他一屁股坐在院長的大班椅上，翹起了二郎腿，正要用力咬一口曲奇餅自我陶醉地耀武揚威之際，突然，走廊外

響起了兩個人說話的聲音。小布**驀地**一驚，慌忙走到門邊細聽。

「糟糕！」小布聽到門外的說話聲愈來愈近，其中一個更是院長那獨特的沙啞嗓音。

大驚之下，小布立即退到辦公桌的後面，並慌忙鑽到桌下躲起來。

「**咔嚓**」一聲，房門被打開了。

「**盧埃林先生**，請進來談吧。」院長的聲音闖進小布的耳窩。接着，房間就亮起來了。看來，院長已點着了煤氣燈。

「其實沒甚麼好談啊。」一個男聲說，「總之，三成**回扣**是少不了的，否則怎能為你爭取

更多撥款啊！」小布從桌下的縫隙中看到，那男人在小客廳的沙發上坐下來了。

「但一向都只是兩成呀。你知道，這年頭物價漲得很厲害，經營這所孤兒院的成本可不輕啊。」院長在那男人對面坐下來。

「成本輕重，是看你的經營方法啊。」那男人說，「撥款是按人頭計算的，你多收容幾個孤兒不就能增加收入嗎？」

「哎呀，多收容的話，支出也會相應增

加，幫不了多少忙啊。」從聲音聽來，小布已
想像得到院長那張裝出來的苦臉。

「你怎會那麼不懂**變**
通啊。」那男人一頓，忽然
壓低嗓子説，「多收一些孤兒，
然後減少一些**草蓆**不就行了嗎？」

「減少草蓆？」院長好像並不明白。

「**對，減少草蓆。**」那男人的聲音不知
怎的，聽來冷冰冰的，仿似透出了一股寒氣。

「啊……」院長好像明白了。

小布心中暗罵：「我們睡的那些草蓆又霉又
爛，扔掉也沒人稀罕呢。」

然而，小布此時並不知道，這場對話已悄
悄地掀起了一陣**腥風血雨**，他和孤兒們的命
運，也將會從此改寫……

密室殺人

「華生，這場 演奏會我期待已久，是要

託朋友才買到票的啊！」福爾摩斯伸長雙腿，

坐在火車的頭等房內，輕輕地吐了一口煙說。

「只有你這種**音樂狂**才會專程乘火車去音樂會，要不是你硬要我陪你來，我才沒有這個閒情呢。」華生沒好氣地說。

「哎呀，演奏者是著名小提琴家**休伯特·布萊克**，絕對值得*長途跋涉*去聽一回啊！」

這時，火車剛好開上一條鐵橋，發出了「**隆隆**」巨響。

華生看到福爾摩斯的嘴巴仍在動着，但在橋上行駛的火車實在太吵了，他完全聽不到老搭檔在說甚麼。

「喂，你的嘴巴剛才**張張合合**的，究竟說了些甚麼？」華生大聲問道。

「我是說——」

嘭嘭嘭嘭！

突然，一陣急促的**撞門聲**打

13

斷了福爾摩斯的說話。

「唔？好像有人在撞門，難道有事發生？」福爾摩斯**一躍而起**，拉開趟門走了出去。華生也連忙跟上。

兩人走到門外一看，只見一個穿着制服的**胖車掌**站在走廊上，正用力地撞**②號房**的門，看他那副**氣急敗壞**的樣子，看來房中發生了甚麼事故。

福爾摩斯和華生急步走近，並通過門上的玻璃窗往內看去。

「**啊！**」華生不禁倒抽一口涼氣。

房內有個年輕女子，她**驚恐萬狀**地縮在左邊靠門的座位角落。這也難怪，因為靠向車窗兩邊的座位上分別軟癱着一個**老紳士**和一個**老女人**，兩人耷拉着腦袋，額上都有個淌着血的彈孔，看樣子已死了。

「不知怎的，沒法拉開這趟門，請幫忙把門撞開吧！」胖車掌叫道。

「先別急！」福爾摩斯制止了車掌的妄動，他往門邊看了看，發現有條約**1吋大的縫隙**，於是把前掌伸

進去用力地拉。可是，趟門仍然**紋絲不動**。

福爾摩斯退後一步，看了看趟門左下方的門軌，馬上眼前一亮：「原來被**楔子**卡住了！」

15

華生伸過頭去看，果然，一枚木楔子卡住了趟門的底部。

福爾摩斯蹲下來，用力把楔子拔出，然後「卡嘞」一聲就把趟門拉開了。

房中的年輕女子看到門開了，慌忙撲到福爾摩斯懷中，崩潰似的哭了起來。

「華生。」福爾摩斯往房內的兩個死者瞄了一眼。

華生意會，馬上小心翼翼地走了進去，並用手指頭探了一下兩人的頸動脈。

可是，指頭上完全感應不到**脈搏的跳動**，他只好向福爾摩斯搖搖頭說：「已死了。」

這時，**1號房**內傳來了用力的拍門聲。

「唔？難道那個房的門也被卡住了？」福爾摩斯說。

「我去看看！」胖車掌說罷，立即走了過去。

「真的也卡住了！」胖車掌說着，想蹲下來拔出楔子。

「**別動！**」福爾摩斯馬上喝止，「向裏面的人說這邊發生了命案，暫時不能離開房間。」

胖車掌明白，慌忙大聲說鄰房有人被槍殺，叫他們冷靜一下。

就在這時，從另一頭的**6號房**中，有**三個婦人**聞聲走了出來，年紀最大的一個大聲問：

「發生了甚麼事嗎？」

「發生了命案，兇手還沒抓到，你們不要出來，快回去把門鎖上！」福爾摩斯以嚴峻的聲調下令。

「**啊！**」老婦人不禁掩嘴驚叫，慌忙拉着兩個年輕的女人退回房內。

就在這時，「**隆隆**」聲遠去，代之而起的是「**嘰**」的一下刺耳的聲音響起，火車隨即急劇地震動了一下，速度也突然慢了下來。

「是剎車！」驚魂未定的胖車掌說。

「現……現在該怎辦？」胖車掌**六神無主**地向福爾摩斯問道。

「3號和4號廂房沒有動靜，是不是沒有乘客？」福爾摩斯問。

「**4號廂房**一直空着，沒有乘客。**3號廂房**本來是有兩名男乘客的，但他們都在中途下

了車。」

「那麼，你是從後面的三等卡走過來的，還是從前面的臥鋪卡走過來的？」

「我是從三等卡走過來的。」

「你來這一卡時，有沒有看到有人走進三等卡？」

「沒有。為了不讓三等卡的人走過來打擾頭等卡的乘客，兩卡之間的門是上了鎖的。」

「這麼說來，兇手不能逃到三等卡。那麼，你馬上去通知臥鋪卡的車掌，叫他鎖住所有

車門，不准任何人下車！還有，要確認一下在火車**過橋時**或**過橋後**，有沒有人從這一卡走到**卧鋪卡**去！」

「好的，我馬上去！」胖車掌轉身就走。

華生知道，福爾摩斯推測兇手可能仍在車內，必須**先發制人**，在車速減慢之前鎖上門，令兇手不能跳車逃走。

「小姐，請問你叫甚麼名字？」福爾摩斯向仍在哭着的年輕女子問道。

「我……姓**布斯**……」年輕女子顫動着嘴唇說。

「華生，你照顧布斯小姐一下，我到其他廂房看看。」福爾摩斯說着，先走到最近的**1號房**看了看，並向房內做了幾個手勢，

叫房內的人稍安毋躁。接着,他看了看與1號房相鄰的洗手間後又掉過頭來,走進沒有人的3號和4號房檢查了一下,然後再走到有三個女乘客的6號房,叫對方打開門後走了進去。不一刻,他又退了出來,走進隔壁的洗手間看了看後,才急步走回來。

「怎樣?」華生緊張地問。

福爾摩斯沒有回答,只是打開一扇車門,把頭伸出去往左右兩邊看了看,然後又縮回來說:「車卡外雖然黑,但透過車窗的燈光,仍可看到沒有人。」

「你懷疑兇手躲在車卡外？」
華生訝異。

「對，兇手沒法藏身於車內的話，一定會想辦法抓住**車卡外凸出的東西**躲到外面去，待車速減慢後就伺機跳車逃走。」福爾摩斯說，「剛才我在檢查3號和4號兩個空房時，也打開門看了看，那一側的車卡外也**沒有人**。」

就在這時，胖車掌匆匆忙忙地從臥鋪卡走回來報告：「那邊的車掌非常肯定，過橋時和過橋後都沒有人從這個頭等卡走過去。」

「那麼，兇手就仍在**車內**了。」
華生有點不安地問，「1號和6號房都有乘客，他們可疑嗎？」

「1號房有四個**坐立不安**的

男人，我看到車窗上的**剎車繩**被拉鬆了，看來是他們拉繩剎車的。6號房的是三母女，她們知道發生兇案後，已被嚇得**面無人色**了。」福爾摩斯說，「不過，這些乘客是否可疑，仍要仔細調查和分析才能肯定。」

就在這時，火車的速度愈來愈慢，看來快要停下來了。

「華生，待火車停下來後，你留在車上照顧布斯小姐。」福爾摩斯說，「我和車掌下車守住**列車的左右兩邊**，不准乘客下車。」

說罷，福爾摩斯正想轉身開門下車之際，突然，有兩個人急匆匆地從 **卧鋪卡** 那邊跑過來。他定睛一看，發現來者不是別人，竟是我們熟悉的蘇格蘭場孖寶幹探——**李大猩** 和 **狐格森**！

第一個疑犯

「你們怎會在這裏的？」福爾摩斯訝異地問。

「這個問題應該由我來問才對呀！」李大猩**粗聲粗氣**地說，「我們那邊的車掌說這兒發生了命案，當然要走過來看看啦。」

「真倒霉，本來是出差去**格拉斯哥**查案的，沒想到乘火車也會碰到兇殺案！」狐格森看了看2號房內的兩個死者，不禁「**嘖嘖嘖**」地咂咂嘴說，「哎喲，還死了兩個人！太不走運了！」

「傻瓜！查案是我們的**天職**，哪有走不走運的！」李大猩罵道。

「別**大義凜然**似的，剛才你睡得像死豬一樣，我說發生命案時，你還賴在床上不肯起來呢！」狐格森**不甘受辱**地反擊。

「哎呀，別吵了。」福爾摩斯連忙制止，「兇手可能會**下車逃走**，我們爭取時間查案要緊！」

「甚麼？兇手還在嗎？」聞言，李大猩大吃一驚。

「他在哪？讓我去抓他！」狐格森慌忙把腰間的手槍拔出。

「稍安毋躁，我只是説可能罷了。」説完，火車剛好停定了，福爾摩斯就叫狐格森與車掌從3號房下車監視列車的右邊，他則拉着李大猩打開走廊左邊的一扇門，下車監視列車的左邊，看看有沒有可疑的人下車。

過了20分鐘左右，福爾摩斯和孖寶幹探又回到車廂來。

「怎樣？找到可疑的人嗎？」華生緊張地問。

「沒找到，兇手可能已跳車逃走了。」福爾摩斯搖搖頭説。

「**不可能！**」李大猩一口否定了大偵探的看法，「火車過橋時不能跳車，過橋後路軌左右兩邊都佈滿碎石，跳車的話必會**捽斷腿**。車停定後，我們已馬上下車監視，兇手絕不可能在我們的眼皮下逃脫！」

「不，兩分鐘，兇手有**兩分鐘**時間逃走。」

「兩分鐘？哪來兩分鐘？」狐格森問。

「本來，我和胖車掌在火車尚未停定時打算下車監視的。」福爾摩斯說，「可是，你們兩位卻突然出現，又吵嚷了一會，**耽誤**了我和車掌兩分鐘時間。其間，兇手已有足夠時間跳車，並隱沒在黑暗之中了。」

「這只是你的**推測**罷了。」李大猩不服氣

地說，「以我看來，兇手一定還在這列**火車內**。而且……」說到這裏，他以懷疑的眼神看了看站在華生旁邊的**布斯小姐**。

「啊！」華生暗地吃了一驚，「難道……難道他懷疑布斯小姐？」

福爾摩斯向華生遞了個**眼色**，然後**若無其事**地向狐寶幹探說：「胖車掌已往前面的車站報警去了。趁這段時間，不如逐一查問一下頭等卡內的所有乘客吧。好嗎？」

「嘿嘿嘿，當然好。」李大猩**不懷好意**地摸摸腮子的鬚根說，「我看嘛，說不定……

兇手就 藏 在這些乘客當中呢。」

「有道理、有道理。」狐格森也摸了摸下巴，難得地同意李大猩的看法。

「那麼，狐格森探員，你辦事最仔細，麻煩你搜查一下 兩個 死者 ，看看他們身上有甚麼 線索 。」福爾摩斯吩咐，「我和李大猩帶布斯小姐到4號房去，查問一下案發時的情況。華生守在走廊上，不要讓人走進這卡車廂來。」

「好呀。」狐格森聽到大偵探的稱讚，馬上就答應了。

「我的全名叫 布萊爾·布斯 ，在尤斯頓上車，坐在2號房近走廊的位置上。」布斯小姐坐下來後， 猶有餘悸 地說，

「在開車前幾分鐘，一對老夫婦走了進來，在靠窗那邊面對面地坐了下來。」

「你知道他們是誰，和要去哪裏嗎？」福爾摩斯問。

「我們閒聊了一會，知道他們姓盧埃林，要去格拉斯哥看表演。」布斯小姐說完，馬上又更正，「不，準確地說的話，應該是去聽音樂演奏。」

「甚麼？」福爾摩斯訝然，不期然地往站在門口的華生瞥了一眼。

華生心想：「太巧合了，我們不也是去聽音樂演奏嗎？」

「知道是甚麼音樂會嗎？」福爾摩斯問。

「不知道。」布斯小姐搖搖頭，「不過，聽他們說，音樂會的門票是**中獎**得來的，連這個頭等卡的車票也是**中獎**附送的。」

中獎
↙ ↘
音樂會　車票
門票

「竟有這樣的事？」李大猩懷疑，「不但送門票，還送車票？」

「對，盧埃林先生還說很喜歡聽**小提琴**演奏，**運氣**實在太好了。」

「那麼，你們坐下來後，有沒有人到過你們的廂房？」福爾摩斯問。

「這個……我記得，除了剛才那位**車掌**來檢查過一下車票外，並沒有人進過我們的廂房。」布斯小姐努力地回憶，「我和盧埃林夫婦也沒離開過房間。後

來，盧埃林先生說有點睏，問我可不可以拉上窗簾。我說可以，就把 **靠走廊的窗簾** 拉上了。接着，我很快就睡着了。」

「你睡着之前，有沒有把房門**扣**上？」福爾摩斯問。

「有，我拉窗簾的時候，順便把門也**扣**上了。」布斯小姐想了想，繼續說，「不過，在過橋的時候，我被

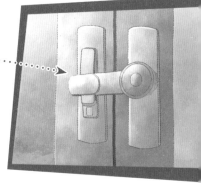

吵醒了。然後，看到近膝蓋附近的位置閃了一下，又聽到『**砰**』的一聲。幾乎是同一時間，又閃了一下，和再次聽到『**砰**』的一聲。」

「**槍聲！肯定是槍聲！**」李大猩有點興奮

地說。

「當時，我沒想到是槍聲，不過……」

「不過甚麼？」福爾摩斯追問。

「不過，我聞到一股**煙硝的氣味**，就馬上想到是槍聲了。」

「然後呢？」

「然後，我發見……盧埃林夫婦的**額角**上……都開了一個……一個**洞**……」

說到這裏，布斯小姐的雙眼又紅了起來。

「接着？」

「接着，我……我被嚇得**不能動彈**……過了一會，我才知道要開門求救。可是……可是不知怎的，卻無法拉開趟門……於是，我只好拉開窗簾，正想用力**拍窗求救**時，就看到車掌經過。他馬上看到廂房內的情況，但也無

法拉開趟門，接着就用力地撞門了⋯⋯」

「明白了。」福爾摩斯點點頭，「然後，我和華生醫生就在門外出現了。對吧？」

「是的。」

「**嘿嘿嘿，好完美的故事。**」李大猩冷冷地笑道，「簡直就像寫那樣，把整個犯案過程都編得像小說般完美呢。」

「 **編小說** ⋯⋯？甚麼意思？」布斯小姐驚訝地問。

四個可疑的乘客

「不是嗎？」李大猩突然喝道，「你拉上窗簾，是為了**避免有人目擊案發經過**。你扣上門扣，是為了**方便行兇**，以免被人撞破。你卻把這些說成是自然而然地發生似的！你可以騙其他人，卻騙不了我！」

「**不！**這些都是真的，我沒有騙你！」布斯小姐驚恐地反駁。

「哼！在密室之中，外來的兇手又如何殺人？殺人後又如何**人間蒸發**？」李大猩繼

續喝道，「只有你才有這個本事。因為，你與死者夫婦同處一室，要把他們殺掉易如反掌。此外，你裝成受害者的話，就沒有必要逃走。這一招實在太厲害了！只要人們不懷疑你，你這個兇手明明人在眼前，卻又像人間蒸發似的，在空氣中消失了。」

「可是，我們看到布斯小姐時，廂房的趟門被一塊木楔子卡住了。」福爾摩斯提出質疑，

「換句話說，案發時她已被反鎖在房內。一個被反鎖的人，又如何

四個可疑的乘客

跑到房外，用楔子卡住自己的趟門呢？」

「這！」李大猩被問得一時語塞，但想了想馬上又説，「幫兇！一定是有幫兇把楔子卡住趟門，製造出她被反鎖在房內的假象！」

「是嗎？那麼，那個幫兇呢？他在哪？我和你一起下車監視時，不是跟你説過嗎？二等卡的人無法進入這個頭等卡，而案發時臥鋪卡也沒有人走進這一卡車。何來幫兇呢？」

「這個嘛……」李大猩想了想，突然眼前一亮，沾沾自喜地説，「嘿嘿嘿，我實在太聰明了！不是兇殺的話，就一定是自殺！」

「自殺？」福爾摩斯呆了一下。

「沒錯！這是宗自殺案！死者夫婦為了雙雙自殺，一人開槍把伴侶殺了，然後再朝自己的頭開槍！」

「可是，就算是自殺案，也不能解釋為何趟門被**楔子**卡住呀。」福爾摩斯反問，「難道死者夫婦催了幫手，在他們自殺時用楔子卡住趟門？」

「**這！**」李大猩再笨也知道不合常理，登時被問得**啞口無言**。

沒發現黑色的煙硝。

「對了，我剛才驗屍時，看過兩個死者的傷口，並沒發現黑色的**煙硝**，證明他們並不是被近距離射殺的。」站在房門外的華生補充道。

「很好！」福爾摩斯眼底寒光一閃，**一針見血**地指出，「被卡住的趟門證明布斯小姐不是兇手，也證明死者夫婦**並非自**

殺，他們的傷口亦證實了這點。而且，從趟門被打開了**1吋**的**縫隙**看來，用木楔子卡住趙門的人，毫無疑問，就是通過那道縫隙開槍射殺盧埃林夫婦的**兇手**！」

就在這時，狐格森匆匆地走了過來，說：「我在2號房仔細地搜過了，沒發現手槍。不過，在死者夫婦的身上，搜到了兩

張**車票**和兩張音樂會的**門票**。此外，還在男死者的皮夾子內搜到一張他的**名片**。」

「名片？」

「對，原來他是**倫敦社會福利局**的高官，來頭不小。」

「**啊……！**」李大猩驚恐地看了看福爾摩斯，又看了看華生。

華生知道，一對高官夫婦在火車的頭等車卡中被殺，肯定是報紙最喜歡報道的**頭條新聞**。他和福爾摩斯已一頭栽進了一宗即將令全城震動的**血案**之中！

「**福利局的高官嗎⋯⋯？**」福爾摩斯沉吟了一下，「不管死者身份如何，我們還得繼續調查。狐格森探員在死者身上搜到**音樂會的門票**，證明布斯小姐所説屬實，下一步應該去問問1號房那**四個男人**，看看他們能提供甚麼線索。」

「對！兇案現場就在他們**隔壁**，他們的嫌疑最大！」李大猩説完，立刻霍地站起來，迅即把剛才對布斯小姐的懷疑**拋諸腦後**，一個轉身就走出了廂房。

「布斯小姐，讓你受驚了。」福爾摩斯拉一拉帽簷，替魯莽的李大猩表示歉意後，也跟着出去了。

李大猩走到1號房，拔去卡在門軌上的楔子，「**咔嘞**」一聲拉開了趟門，立即**不問情**

43

地喝問：

「喂！小心聽着，你們隔壁的2號房

發生了**命案**。我是蘇格蘭場的警探，快報上名來！」

　　四個男人一一自我介紹。

　　「你們是同行的嗎？」李大猩問。

　　「是。」曼塔虎領首答道，「我們是倫敦一間貿易行的**同事**，一起到**格拉斯哥**出差。」

「你們當中誰去過 **2** 號房？」

「沒有呀。」犬恩茲慌忙回答，「我們上車後就一起玩 **撲克牌**，除了上廁所外，沒有去過其他地方。」

「一直都在玩 **撲克牌**？直至深夜嗎？」忽然，李大猩換了一張臉，彎下腰來湊到犬恩茲的面前，嘻嘻笑地質疑。

「不⋯⋯」犬恩茲對李大猩的 **喜怒無常** 感到有點害怕，**戰戰兢兢** 地應道，「到了晚上11點左右，我們都玩得睏了，就 **拉上窗簾**

睡覺了。」

「哪一道窗簾？是誰拉的？」福爾摩斯插嘴問。

「**面向走廊的窗簾**，是我拉的。」曼塔虎回答，「猩蒙斯說走廊的燈光有點亮，我就把窗簾拉上了。」

「**面向車外的窗簾**呢？」福爾摩斯再問，「你們睡覺時有沒有拉上？」

「這個嘛……」曼塔虎想了一下，「好像也拉上了。」

「誰拉的？」

「**是……是我拉的。**」猩蒙斯有點遲疑地說。

一直在旁聽着的華生，心中不禁有點**納悶**：「為

何福爾摩斯對窗簾那麼執着呢？

追問**面向走廊的窗簾**還能明白，因為窗簾開着的話，有可能看到兇手走過。可是，追問**面向車外的窗簾**又有何作用呢？」

「那麼，為何窗簾現在又**開**着呢？」突然，福爾摩斯指着**面向車外的窗簾**問。

「啊……」猩蒙斯**一怔**，「因為……我想拉開窗簾看看車停在哪裏。」

「明白了。」福爾摩斯滿意地點點頭，然

後向四人問道，「那麼，有沒有聽到甚麼**聲音**？」

「我睡得很沉，沒聽到甚麼聲音。」牛特說。

「我也是。」猩蒙斯説。

「我在火車過橋時，好像聽到『**砰砰**』兩下聲響。」犬恩茲努力地回憶，「但由於睡着了，加上過橋時的**噪音**很大，聽得並不清楚。」

「我也聽到兩下聲響。」曼塔虎説，「我還以為是車頭發出的**大霧警報信號**，沒想到是**槍聲**。」

「槍聲？」李大猩霎時收起笑臉，盯着曼塔虎大聲喝問，「我又沒説過是槍聲，你怎知道是**槍聲**？」

「啊……這……這個……」曼塔虎頓時語

塞，不知如何回答。

李大猩一把抓住曼塔虎的胸口：「你！老實說，為何知道那兩下是槍聲？難道是你開的槍？」

「不……這……這個……」

「是〈車掌先生〉說的呀。」犬恩茲趕忙為同伴解圍，「我們聽到隔壁有人撞門，就想開門出去看看。但不管怎樣用力，也拉不開門。於是，就用力拍門了。當時，車掌立即走了過

來，還隔着車門大聲説有人被**槍殺**，叫我們不要出來。既然是槍殺，當然是槍聲了，曼塔虎有説錯嗎？」

「他説的都是真的，我都親眼看到了。」福爾摩斯説。

「**是嗎？**」李大猩生氣道，「豈有此理！那車掌真笨，説有人死了不就行嗎？怎會**多此一舉**，説是槍殺呢？」

聞言，狐格森湊到李大猩耳邊嘲諷道：「嘻嘻嘻，這麼看來，這四位乘客都**毫不可疑**呢。你的推測又**落空**了。」

「甚麼？」李大猩正想發作，沒想到福爾摩斯已發問了。

「那麼，是誰拉**刹車繩**的？」

拉刹車繩的人

「**刹車繩？**我沒拉呀。」犬恩茲第一個回答。

「我也沒拉。」牛特和曼塔虎分別應道。

「啊……那……那是我拉的。」坐在窗邊的猩蒙斯**期期艾艾**地說，「我聽到車掌說發生了兇案，沒有細想……就拉了一下刹車繩。這……這是**緊急事故**吧？不是應該刹車嗎？」

「是的。你做得對，發生命案當然應該刹

車。」狐格森**自以為是**地説。
但華生往旁瞥了
一眼，看到福
爾摩斯眉頭
緊皺，似乎並不認同狐格森的説法。

「但換了是我自己，會怎樣做呢？」華生心中思索，「或許會**六神無主**地不知如何是好，但也或許會拉剎車繩吧？」

「你們今次**出差的目的**是甚麼？是何時決定**行程**的？」福爾摩斯打斷華生的思緒，再問道。

「啊，因為在格拉斯哥有一個客户，我們約好了去見他。」犬恩茲答道，「是**猩蒙斯先生**與對方商討行程後，決定明早見面的。」

「請問是誰 **訂車票** 的呢？」福爾摩斯又問。

「這個……是我負責訂車票的。」猩蒙斯說。

福爾摩斯想了想，逐一搜了一下四人的隨身物品，確認沒有手槍等 **可疑物品** 後，向孖寶幹探說：「我們到外邊談談。」說完，他把兩人拉到走廊外，並把趟門關上。

「怎麼了？」狐格森訝異。

「聽過那四位乘客的 **說辭** 了。」福爾摩斯問，「你們有甚麼看法？」

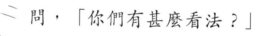

「我覺得 **有點可疑**，但又說不出哪兒有問題。」李大猩懊惱地搔了搔頭皮。

「哎呀，哪有甚麼可疑啊！」狐格森說，「事發時他們四人 **同處** —

室，任何一人有可疑的舉動，都會給另外三人看到呀。除非他們四個是**同謀**，不會互相告發吧。」

「你說得有理，我也不相信他們四人是**同謀**。」福爾摩斯生怕被那四個乘客聽到似的，壓低聲音說，「我只是想指出，那個名叫**猩蒙斯**的有點可疑。」

「是嗎？甚麼地方可疑？」李

大猩緊張地問。

福爾摩斯看了看三人，說出了以下幾點：

① 他叫曼塔虎把面向走廊的窗簾拉上。
② 他睡覺時拉上面向車外的窗簾，停車後又把它拉開。
③ 車掌告知發生兇案後，他拉動剎車繩，把火車剎停。

「哎呀，還以為你說甚麼。」狐格森沒好氣地說，「這三點都是**人之常情**，任誰在相同情況下都會那樣做吧？」

「沒錯，任誰都會那樣做。」福爾摩斯嚴肅地回應道，「但問題是——沒有多少人會像猩蒙斯那樣，一個人包攬了①、②、③三種行為啊。」

「**甚麼意思？**」狐格森仍摸不着頭腦。

「還不明白嗎？一個剛買保險的人因**滑倒摔傷**索償並不可疑。一個星期後，他因**滾下樓梯跌傷**索償，雖然有點可疑，但仍可接受。但兩個星期後，他又因**被馬車撞傷**索償，就很難不令人生疑啊。」福爾摩斯說，「我的意思是，表面上看似正常的情況，要是**接二連三**發生在一個人的身上，就會顯得可疑了。」

「**對、對、對！**那個猩蒙斯接連做出那三個行為，確實非常可疑！」李大猩搶道。

「是嗎？難道你認為他是**兇手**？」狐格森以挑戰的語氣問。

「**哇哈哈！** 傻瓜！1號房的趟門被楔子卡住了，他又怎能出來殺人？」李大猩出言嘲諷，卻忘了自己剛剛也犯了同一個錯誤。

「那麼，他又有甚麼可疑？」狐格森追問。

「**幫兇**，他是兇手的幫兇。」李大猩看了看1號房緊閉着的趟門，**煞有介事** 地壓低嗓子說，「為了不讓三個同伴看到兇手在走廊外經過，他就叫曼塔虎把 **面向走廊的窗簾** 拉上。至於他拉動 **刹車繩** 嘛……嘿嘿嘿，當然是為了刹停火車讓兇手逃走啦！」

「呵呵呵，聽來好像真有道理呢。」狐格森 **冷嘲熱諷** 地問，「那麼，第②個疑點又怎樣解釋？猩蒙斯拉上 **面向車外的窗簾**，難道

是為了不讓同伴們看到兇手在窗外飛過？」

「這！」李大猩登時語塞。

「問得好。」福爾摩斯說，「第②個疑點確實比較難解釋，現在只須把它記錄在案，待天亮後，我們到 車外 仔細地調查一下，或許就能找到答案。不過，我還有一個疑點未說呢。」

「還有？」華生問，「是甚麼疑點？」

「行程 是猩蒙斯定的， 車票 也是他訂的。」福爾摩斯眼底閃過一下寒光，「換句話說，他可以配合兇手的 行兇日期 和 時間 來買車票，同時，還可佔據掩護兇手的 最佳位置。」說完，他指了指身後的1號房。

「啊，我明白了。」華生恍然大悟，「1號房 與兇案現

場的2號房相鄰，確實是最佳的**掩護位置**。」

「此外，布斯小姐説死者夫婦的車票和門票都是**中獎**得來的。換句話説，死者夫婦乘搭這列火車的日期、班次和座位都是**送出獎品的人**安排的。所以，他們登上這列火車時，其實已踏上了黃泉路。」

「哈哈！有道理，**英雄所見略同**。」李大猩厚顏地説，「我也是這樣想的呢。」

「不對！」狐格森並不同意，「如果猩蒙斯是幫兇的話，兇手又為何要卡住趙門，把他囚在房中？」

「那有兩個作用。」福爾摩斯説，「首先，可防止猩蒙斯的三個同事突然走出來，**撞破**

射殺行動。其次，把猩蒙斯與三個同事困於房中，就可令他**免受警方懷疑**了。」

「這個分析雖然有道理，但說猩蒙斯是幫兇好像還欠缺一點說服力啊。」華生說。

「嘿嘿嘿，華生，我常說**我在觀察，你只是在看**，沒想到你連聽也不夠專注呢。」福爾摩斯揶揄。

「甚麼意思？」

「火車通過鐵橋後遠去的『**隆隆**』聲，和『**嘰**』的一下剎車聲呀。」福爾摩斯一針見血地指出，「剎車聲是在『**隆隆**』聲遠去之後才響起的，就是說，猩蒙斯是在火車過橋後，才拉動**剎車繩**的。」

「那有甚麼問題？」

「還不明白嗎？他從車掌口中得悉鄰房發

生命案時，並沒有即時 **拉繩剎車**。為甚麼呢？」福爾摩斯眼底閃過一下凌厲的光芒，「原因只有一個，那就是——當時火車仍在橋上，為了方便兇手 **跳車逃走**，他必須等到火車過橋後，才可拉繩剎車！」

「原來如此……」華生感到 **不寒而慄**，「計劃得好周詳啊。看來兇手不但是個殘忍的殺人魔，還是個智商甚高的 **智能犯** 呢。」

「豈有此理！我馬上拘捕猩蒙斯，要他供出誰是兇手！」

「**且慢！**」福爾摩斯連忙制止李大猩，「剛才說的純是推

理，我們一丁點的實質證據也沒有，現在拘捕他只會**打草驚蛇**啊。」

「那怎辦？難道已到嘴邊的肥肉也不吃嗎？」李大猩焦急地問。

「我剛才不是說了嗎？等到天亮了，再到**車外**仔細地進行調查，看看能否找到**線索**。」

「哎呀，還有幾個小時才天亮啊！要我們在這裏乾着急嗎？」

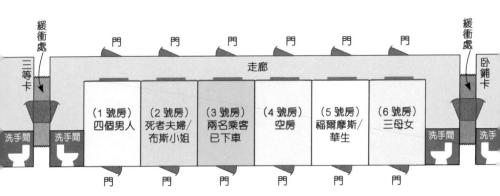

頭等卡平面圖

（1號房）四個男人	（2號房）死者夫婦／布斯小姐	（3號房）兩名乘客已下車	（4號房）空房	（5號房）福爾摩斯／華生	（6號房）三母女

緩衝處　三等卡　洗手間　洗手間　門　門　門　門　門　門　走廊　緩衝處　臥鋪卡　洗手間　洗手

重組 案情

「不，我們還要去查問一下**6號房**的**賓特利三母女**，然後再從頭到尾地檢視案情，總結一下必須做的事呀。」

賓特利三母女並沒有可疑的地方，那位母親已**年紀老邁**，一看就知膽子很小，不像是個懂得撒謊的人。兩個女兒也只是**手無縛雞之力**的弱質女流，怎樣看也沒有能力幹出**傷天害理**的事。

最後，福爾摩斯重組案情，梳理出以下的案發經過：

兇手通知盧埃林夫婦中了獎，並送上音樂會門票及往格拉斯哥的車票，讓夫婦兩人坐在頭等卡2號房窗邊的座位上，避開死角位置，以便在門縫開槍射殺時，可瞄準夫婦兩人。

與此同時，猩蒙斯安排與同事一起出席會議，訂了同一班車的1號房。他自己坐在窗邊位置，並叫同事拉上面向走廊的窗簾，自己則拉上面向車外的窗簾。

當火車駛過鐵橋發出巨響時，兇手用楔子卡死1號房的趟門，把猩蒙斯等四人困在房中。

接着，兇手稍稍拉開2號房的趟門，令它露出1吋縫隙，再用楔子把門卡死。準備就緒後，他把手槍伸進縫隙，連開兩槍射殺盧埃林夫婦，並利用火車過橋的噪音掩蓋了槍聲。

隨後，兇手以某種方法在車卡上躲起來，等待跳車時機。

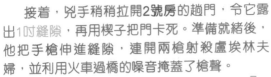

布斯小姐目擊盧埃林夫婦被殺後，想逃離2號房，卻無法把趟門拉開。胖車掌剛好經過，並用力撞門。

我和華生聞聲前往查看，發現趟門的1吋縫隙，並察覺楔子把門卡死了。我拔掉楔子後，救出了布斯小姐。

1號房傳來拍門聲，車掌跑去告知發生命案。同一時間，6號房的三母女走出來看熱鬧，我大聲把她們趕回房中。

這時，火車剛好駛過了鐵橋，猩蒙斯拉繩剎車，並把面向車外的窗簾拉開。

火車的速度減慢後，兇手伺機跳車逃走。

當我們**兵分兩路**在火車左右兩側下車監視時，兇手早已~~逃之夭夭~~。

聽完福爾摩斯的總結後，狐格森提出質疑：「還有兩個疑問。一、布斯小姐已**扣好了門**，兇手又怎樣拉開那1吋的縫隙呢？二、兇手以某種方法在車卡上躲起來，究竟是**甚麼方法**？」

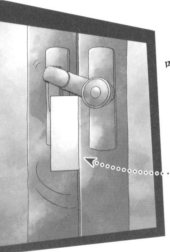

「第一個疑問很易解答，來吧，讓我示範一次給你們看。」

說完，福爾摩斯叫狐格森走進3號房中**扣上門扣**。然後，他從口袋中掏出一張**名片**插進門縫中，再用力往上一挑，就輕易地把門扣挑開了。狐格森和李大猩都看得**目瞪口呆**，沒想到福爾摩斯連開鎖也有一手。

「哼，你一定當過小偷。」李大猩斜眼看着大偵探說。

「嘿嘿嘿，小偷倒沒當過，但抓過一個**開**

鎖大王，從他身上學了點**雕蟲小技**而已。」福爾摩斯笑道，「其實，火車廂房的門扣**聊勝於無**，並不能真的鎖住趟門。否則，當房內發生甚麼意外時，車掌就很難開門進去搶救了。我估計，兇手也是這樣打開2號房那**1吋縫隙**的。」

「原來如此。」

「關於第二個疑問嘛……」福爾摩斯看了看窗外**晨光初露**的天色，「不經不覺已天亮了，是時候下車看看能否找到線索了。」

福爾摩斯領頭，從走廊打開了一道車門下了車。

可是，四人在車外**巨細無遺**地搜索了一遍，一點線索也找不到。

接着，福爾摩斯回到車上。他穿過3號房，在火車的另一邊下了車。華生三人見狀，只好緊隨其後也穿過3號房下了車，又在車卡四周仔細地搜了一遍，依然一點線索也找不到。三人正想放棄時，卻看到福爾摩斯踏在一個不知從哪找來的木箱上，正用放大鏡**全神貫注**地檢視着3號房的**門把**。

「怎麼了？」華生仰起頭來問。

「找到了一根 **線狀的東西**。」福爾摩斯答道。

「線狀的東西？」狐格森好奇地問，「在哪裏？」

「它卡在把手與門板相接的縫隙中，我正想把它弄出來。」説着，福爾摩斯掏出一把折刀，小心翼翼地把那根線狀的東西挑了出來。

然後縱身一躍，從箱子上跳了下來。

「唔？是根 **淺黃色的線** 呢。」李大猩連忙湊過去看。

「對，是淺黃色的，但又不像一般的線。」

福爾摩斯皺起眉頭，把線夾在指頭上，再用放大鏡仔細地檢視。

「只是一根幼線罷了，不值得大驚小怪啊。」狐格森說，「可能有乘客下車時，衣服上的絲線被鈎斷了，就卡在那兒吧。」

「太奇怪了……」福爾摩斯沒理會狐格森的質疑，只是自顧自地呢喃。

「奇怪？有甚麼奇怪？」李大猩問。

「你知道我懂得拉小提琴吧？」

「知呀，但和這根線有何

關係？」

「當然有關，因為這是一截斷了的琴弦呀。」

「甚麼？琴弦？」李大猩與狐格森面面相覷。

「對，是琴弦。幸好我對小提琴很熟悉，否則肯定看不出它的用途呢。」

「原來是一截琴弦。」華生感到訝異，「但為何會卡在把手上呢？」

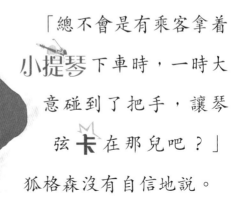

「總不會是有乘客拿着小提琴下車時，一時大意碰到了把手，讓琴弦卡在那兒吧？」狐格森沒有自信地說。

「**哇哈哈**，怎麼可能啊！」李大猩嘲笑道，「小提琴一般會放在盒子裏呀，琴弦又怎會**無緣無故**地卡到把手上呢？」

「所以我也正在質疑呀！你沒聽懂嗎？」狐格森一句頂回去。

「哎呀，怎麼又吵起來了。」福爾摩斯沒好氣地説，「再認真地想想吧，可能對破案很重要啊！」

「*唔……*」李大猩雙手抱在胸前，低着頭沉思起來。

「*這個嘛……*」狐格森見狀也不甘落後，裝模作樣地托着下巴苦苦思索。

「*唔……唔……*」李大猩想着想着，兩

頰已漲紅。

「這個……太難了……」狐格森拚命地搔腮幫子。

「唔……唔……」李大猩憋住一道氣，突然「唏」的一聲大叫，「我明白了！」同一剎那，他還「咘」的一下放了一個響屁。

「哇！臭死了！」福爾摩斯三人慌忙掩鼻驚叫。

「哈哈哈，沒想到好久沒用的拉屎功終於派上用場。」李大猩臉不紅耳不赤地說，「我已知道那截琴弦的用途了。」

「真的？是甚麼用途？」福爾摩斯問。

「聽着啊！」李大猩一頓，豎起拇指煞有介事地說，「它的用途就是用來拉——」

「拉？拉甚麼？」狐格森問。

「嘿嘿嘿，傻瓜，難道用來拉屎嗎？」李大猩吃吃笑地說，「當然是用來拉奏音樂的啦。」

聞言，三人腿一歪，幾乎同時摔倒。

「這還用你説嗎？」福爾摩斯沒好氣地説，「誰不知道琴弦是用來拉奏音樂的，問題是為何繫在門把上呀。」

「簡直是説了等於沒説啊！」狐格森罵道，「你不如説那就像一根鹹水草，是菜販用來捆紮蔬菜的吧！」

「甚麼？難道你有更好的解釋嗎？」李大猩反罵。

「不！」突然，福爾摩斯眼前一亮，「像鹹水草……捆紮蔬菜……啊……我明白了！」

「明白甚麼？」華生看到老搭檔的表情有異，慌忙問道。

「我太笨了，竟然把簡單的問題複雜化，其實以常理推斷就能找到答案了。」福爾摩斯向狐格森説，「你一言驚醒夢中人！對，

是揭紫！即是綁！卡在門把上的琴弦只是一根線，與音樂一點關係也沒有啊。它的作用只有一個，那就是——綁東西。琴弦是用來綁東西的！」

消失了的乘客

「綁東西？」華生茫然，「綁甚麼東西？」

「一頭綁着3號房的**門把**，另一頭則綁着緩衝處上的**扶手**，以便逃走！」福爾摩斯指向頭等卡與三等卡之間的**緩衝處**説。

「甚麼？你的意思是指兇手以琴弦當作扶手，從3號房外走到 **緩衝處** 躲起來嗎？」狐格森 **不以為然** ，「可是，一根這麼幼的琴弦又怎可能支撐兇手的 **體重** 啊？」

「 **對，絕不可能！** 」李大猩也罕有地支持搭檔的質疑，「就算火車在靜止的狀態下，兇手也很難把它當作扶手，何況火車是在 **高速行駛** 中呢。」

「嘿嘿嘿，你們說的都有道理。」福爾摩斯狡黠地一笑，「不過，兇手只要**略施小計**，就能借助它攀到緩衝處躲起來了。」

「略施小計？即是甚麼？」華生問。

「很簡單，那就是——」

「**福爾摩斯先生！福爾摩斯先生！**」

就在這時，一個熟悉的叫聲響起，打斷了大偵探的說話。

眾人往聲音來處看去，只見胖車掌**氣喘吁吁**地跑了過來，

說：「我……我已叫……前面車站的同事……

報了警，相信鎮上的警察很快就會來了。」

「你來得剛剛好，我正有事想問你。」

「問我……？甚麼事？」

「你不是説過，**4號房**一直空着，但**3號房**有**兩個乘客**中途下了車嗎？」

「是呀。」胖車掌説，「但嚴格來説，4號房不是空着，只是買了票去格拉斯哥的四個乘客全都**沒有上車**罷了。」

「啊？竟有這樣的事？」華生訝異。

「唔……」福爾摩斯低吟，「看來，購買了4號房車票的人只是為了確保那個房空着以作**備用**。」

「備用？甚麼意思？」胖車掌不明所以。

「這個待會再說。」福爾摩斯繼續問道，「你記得3號房那兩個乘客的**模樣**嗎？」

「記得呀，我還認識其中一個呢。」

「太好了。他是甚麼人？」

「他是**希爾醫生**，半年前曾在車上搶救過一位中風的老人，我們因此認識。還有，他每逢周二都在**尤斯頓**乘同一班車，去克魯的老人院**義診**，是個好好先生。」

「那麼，他是在**克魯站**下車吧？」

「是，我還看到他和同房的中年男士一起下

車。」

「是嗎？」福爾摩斯眼底閃過一下疑惑，「難道他是希爾醫生的朋友？」

「這個嘛……」胖車掌搔搔頭，「我不太清楚啊。」

「那麼，那位男士的裝束如何，手上有沒有拿着甚麼東西？」

「他身穿灰色的短夾克，手上好像……」胖車掌又搔搔頭，「好像沒拿着甚麼東西。」

「沒拿着東西嗎？」福爾摩斯眉頭一皺。

「呀，對了！」胖車

掌想起來了，「他手上沒拿着東西，但肩上掛着一個**單肩包**。」

「單肩包……？」福爾摩斯沉吟。

「怎麼了？有可疑嗎？」李大猩緊張地問，「但他們兩人都在中途下了車呀，又怎會與兇案有關？」

「對，除非他們**假裝下車**，然後又偷偷地回到車上吧。」狐格森說。

「你正好説出了我心中所想呢。」福爾摩斯説，「不過，那位醫生應該是**清白**的。他逢星期二都乘同一班火車去克魯義診，車掌又認得他，要犯案的話也會挑**另一班車**吧。」

「那麼，你懷疑的是那個**掛着單肩包**的**男士**？」華生問。

「沒錯，但必須證明他沒有在克魯站下車。」

「這個很簡單啊。」胖車掌插嘴道，「只要去克魯站數一數**回收的**車票就行，如少了他那一張，就證明他沒有真的下車。」

「是的，但也要去找那位希爾醫生查問一下，看看那人是否他的朋友。而且，必須儘快行動，以免**夜長夢多**。」

「那些頭等卡的乘客怎辦？要把他們留下來嗎？」華生問。

「不。」福爾摩斯搖搖頭，「待本地警方為他們落口供後，就全部放行吧。」

「甚麼？不用**扣留**那個猩蒙斯嗎？」李大猩訝異。

「為免**打草驚蛇**把兇手嚇跑，

先放走他吧。不過，必須暗中調查其**底細**，看看他與死者盧埃林夫婦之間有沒有甚麼**糾葛**。」福爾摩斯一頓，想了想再說，「與此同時，也要搞清楚死者夫婦那兩張音樂會的門票是如何**中獎**的，和調查一下他們在私生活和工作上有否與人結怨。」

「私生活上有否與人結怨很難說，但在工作上不會得罪人吧？」狐格森說，「要知道，盧埃林先生是福利局的高官，那是**造福人羣**的職位，又怎會因結怨而招致**殺身之禍**呢？」

「誰知道呢？真相往往隱藏在意想不到的地方，反正要調查，就查得全面一點吧。而且，這起兇案非常冷血，估計兇手與死者夫婦有**血海深**

優，只要查清夫婦倆的背景，或許會找出真相。」

「唉……」胖車掌深深地歎了一口氣，「冷血事件接連發生，看來這個里奇鎮真的是一塊**不祥之地**呢。」

「不祥之地？甚麼意思？」福爾摩斯眼底**寒光一閃**。

「你不知道嗎？請過來看看。」胖車掌領着眾人走上月台，指着前方數十碼外的建築物說，「月前在那兒修建貨倉時，在工地裏挖出了幾十副**小童的骸骨**，真令人傷心啊。」

「竟有這樣的事？」華生大吃一驚。

「你這麼一說，我記起來了。」福爾摩斯說，「《倫敦時報》也報道過這宗**駭人聽聞**的新聞，據說那些**不明來歷**的骸骨已埋了幾十年，相信很難找出死者們的身世了。」

「哎呀，這不是討論甚麼骸骨的時候啊！」李大猩不耐煩地說，「查明眼前的夫婦被殺案要緊，我們馬上**分頭行動**吧。」

「對！」狐格森請纓道，「就由我回倫敦調查猩蒙斯和死者夫婦的背景吧。」

「**且慢！**」李大猩惟恐被搶去功勞，「我在福利局有朋友，該由我來負責呀！」

「只是你有朋友嗎？我也有呀！」

「你的大多是**狐朋狗黨**，有甚麼用？就由我來負責吧！」

87

「你的朋友又有甚麼了不起，不都是些**豬朋狗友**嗎？」

「哎呀，怎麼又吵起來了。」福爾摩斯慌忙制止，並**煞有介事**地湊到李大猩的耳邊

說，「你和我們一起去找那位希爾醫生吧。說不定，他是惟一一位見過**兇手**的人！」

「惟一一位見過兇手的人？」李大猩瞪大了眼睛，「啊！這個聽起來**更重要**呢！」好大喜功的他，馬上就答應了福爾摩斯的分工。

於是，四人**分道揚鑣**，狐格森隻身趕回倫敦調查。福爾摩斯、華生和李大猩則去到克魯

站，先找到站長檢查了一下車票的情況。果不其然，在回收的車票之中，並沒有3號房那個*可疑乘客*的車票，就是說，他其實沒有下車！

三人**又驚又喜**，連忙趕去找胖車掌說的那位希爾醫生。

逃命索

「什麼……！」希爾醫生聽到自己乘搭的
那班火車發生命案後，驚訝不已地說，「竟然
有那樣的事？實在太可怕了。」

「是的，這是一起可怕的謀殺案。」福爾摩斯順勢問道，「對了，希爾醫生，你在哪一個站上車？又在哪一個站下車呢？」

當然，這是明知故問，福爾摩斯只是為了試探，看看希爾的說法與已知的事實有沒有出入而已。

「我在尤斯頓上車，在克魯下車。」希爾毫不含糊地答道。

「那麼，你上車後坐哪一卡？廂房中有其他乘客嗎？有的話，其裝束如何？」

「我坐頭等卡3號房靠窗邊的座位，當時已有一個男人坐在廂房裏。他自稱懷特*，穿着一件灰色的短夾克。」

福爾摩斯看了看華生和李大猩，暗示希爾的證詞與車掌的非常吻合。

* 懷特的英文寫法是White。

「對了，我還記得他好像帶着一個**皮包**。」希爾想了想，又糾正自己的説法，「不，應該是一個**單肩包**。」

「希爾醫生，你非常**觀察入微**呢。」福爾摩斯讚道。

「這是職業病，習慣了觀察病人嘛。」希爾笑道，「我估計他大概40歲，長着一頭**金髮**，還蓄着濃密的鬍子。對了，他那對**炯炯有神**的藍眼睛最令人難忘，因為在面頰上方兩塊**黃色皮膚**的襯托下，格外顯眼。」

「好厲害。」華生讚道，「我雖然也是醫生，卻常被一個可惡的朋友嘲諷，説我**只會**

看，**不會觀察** 呢。」

「是嗎？你的朋友太沒有口德了。」

「嘻嘻嘻，我知道那人是誰。」李大猩乘機

挪揄，「他確實是個**口沒遮攔**的傢伙。」

福爾摩斯沒理會華生兩人的**一唱一和**，

繼續問道：「那麼，你知道那位懷特先生在哪

個車站下車嗎？」

「知道呀。他也在克魯站下車，還說 **人生路不熟**，問我哪一家旅館既便宜又好住呢。」

「**啊！**這麼說的話，他真的在克魯站下車了？」李大猩緊張地問。

華生心想，也難怪李大猩這麼緊張，要是那人真的在**克魯站**下了車，福爾摩斯的懷疑就不成立了。

「是呀。」希爾點點頭說，「我推薦車站附近的**皇冠酒店**給他，還說反正順路，可以帶他過去。不過，他卻**婉拒**了。」

「他婉拒了？為甚麼？」福爾摩斯追問。

「他說要去行李卡取行李，還未出閘就跟我

道別了。」

聞言，福爾摩斯向華生和李大猩遞了個**眼色**。不用說，兩人心中都知道，這是個重大線索——那個自稱懷特的男人雖然在克魯站下了車，但他可能並沒有**出閘**！

謝過希爾醫生後，福爾摩斯三人趕去**皇冠酒店**調查了一下，不出所料，昨夜並沒有一個名叫懷特的客人留宿。

「豈有此理，那傢伙太可疑了，一定是兇

手！」李大猩惱怒地說。

「是的，看來**4號房的**<u>車票</u>也是他買的，為的是確保那房間空着。」福爾摩斯分析道，「因為，萬一3號房除了希爾醫生外，還有其他乘客的話，他就只能**退而求其次**，選用4號房來逃走了。」

「原來如此。」華生**恍然大悟**，並順勢問道，「那麼，那一小截琴弦有甚麼用？你還沒解釋啊。」

「是嗎？我還沒說嗎？」福爾摩斯掏出煙斗，使勁地抽了兩口後，道出了他的**推論**。

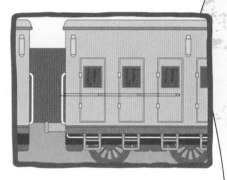

琴弦只是一個工具，目的是將一根繩子把3號房的門把與緩衝處連結起來。方法很簡單，兇手事先將一根琴弦的頭尾打結，結成一個大線圈，連同一根長度相約的繩子放在單肩包裹。

在克魯站下車後，他把大線圈的一端套在門把上，另一端則套在緩衝處的扶手上。由於琴弦很幼，顏色又與車身相像，遠看很難察覺。

然後，他偷偷返回3號房躲起來。

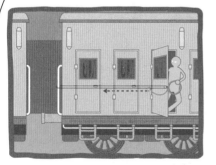

當火車開出後，黑夜來臨，他就從單肩包中取出繩子，緊握繩子的一頭，再把繩的另一頭綁在琴弦上。接着，他拉動琴弦，讓琴弦把繩子牽送到緩衝處的扶手上繞個圈，再把它拉回來，並把它的兩頭綁在3號房的門把上。

就是這樣，一根連接緩衝處扶手與3號房門把的逃命索成形了。他殺人後，就算火車高速行駛，只要一邊抓着逃命索，一邊踏在車卡下的腳踏上，也能從3號房走到緩衝處躲起來了。

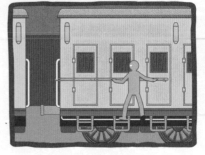

「不用說，這個兇手就是**懷特**。他沒帶行李，只帶了個**單肩包** ，就是為了方便利用逃命索逃走。」福爾摩斯總結道。

「這傢伙也好聰明啊，竟然想出這麼巧妙的逃走方法！」李大猩也不得不歎服。

「對，他確實很聰明。不過，卻**百密一疏**，在逃走時竟拉斷了琴弦，讓它的一

小截卡在門把上，露出了**馬腳**。」

「這個馬腳雖然令他的身份暴露了，但我們不知道他是誰，要抓他並不容易呢。」華生説。

「這個嘛，就要看狐格森在倫敦調查到甚麼了。」福爾摩斯説，「我們快趕回**里奇鎮**等他吧。」

「哼！他一定**空手而回**，甚麼也查不到啦。」李大猩以不屑一顧的語氣説。

然而，出乎意料之外的是，狐格森不但沒有**空手而回**，還查獲了非常重要的情報，在黃昏時興沖沖地趕到早已約好的一家餐廳。

「我調查過了，原來盧埃林夫婦在年輕時任職於克魯市的福利局，專門負責與**孤兒**有關的工作，例如**審批撥款**。」狐格森一見到福爾

摩斯三人，就一屁股坐下來說，「月前在貨倉的工地挖出數十具被**草蓆**包裹的兒童骸骨後，盧埃林先生還因此被召去了問話呢。」

「**被召去問話？** 為甚麼？」李大猩放下手上的茶杯問。

「因為，挖出骸骨的工地，其實是一家**孤兒院**的原址。」

「甚麼？」福爾摩斯三人不禁駭然。

「後來，20年前發生了一場大火，孤兒院被**燒成灰燼**，那兒就荒廢了。要不是最近修建貨倉，還沒有人知道那兒埋了那麼多兒童的**屍體**呢。」

狐格森挪一挪屁股，坐直身子說，「由於那家孤兒院當年是屬於**克魯市福利局**管轄的，早已升遷為倫敦福利官的盧埃林就被召去問話了。不過，據他說當年很多孤兒被收容時已**營養不良**，又大都**體弱多病**，病死的也不少，

因此就埋葬在那裏吧。」

「但只是以草蓆包裹就**草草†埋葬**，連棺木也沒一副，似乎對病死的孤兒也太過不尊重吧？」華生憤慨地說。

「是啊，但孤兒**無親無故**，加上年代久遠，也沒有甚麼人去追究，案子看來會**不了了之**。」

「有關盧埃林夫婦**中獎**的事呢？你查過了沒有？」福爾摩斯打岔問道。

「查過了，據他們的女傭人說確有此事。不過，我去舉辦抽獎的機構問了一下，奇怪的是，**中獎名單**上並沒有盧埃林的名字。」

「啊！」聞言，李大猩興奮得**口沫橫飛**，「果然如我所料，中獎是兇手安排的，為

的是誘盧埃林夫婦登上火車，然後送他們上黃

泉路！」

　　「甚麼？如你所料？」華生斜眼看了看李大

猩，「這好像是福爾摩斯説的啊。」

　　「哈哈哈，是嗎？」李大猩裝傻扮懵地

説，「哎呀，誰説都一樣啦，最重要是找到線

索呀。」

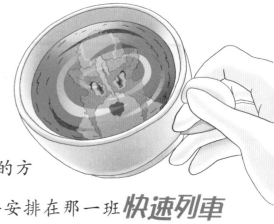

「唔⋯⋯」福爾摩斯輕輕地呷了一口茶，皺起眉頭說，「問題是，殺人的方法很多，兇手為何要安排在那一班**快速列車**上行兇呢？」

「難道兇手非在車上行兇不可？」華生問。

「我知道！」狐格森想也不想就搶道，「兇手一定是個**火車迷**，他在火車上行兇，是為了滿足自己的嗜好！」

「**傻瓜！**火車迷都非常愛惜火車，在火車上殺人，只會玷污火車的**神聖地位**呀！絕不可能！」李大猩一口否定。

福爾摩斯沒理會兩人的爭論，只是自顧自地呢喃：「火車⋯⋯**火車的作用**是甚麼呢？」

逃命索

「作用？火車是交通工具，當然是載人去**不同的地方**啦。」華生應道。

「對……是載人去**不同地方**……那麼……」

福爾摩斯沉吟，突然，他眼前一亮，「**地點！**兇手在火車上殺人，不是為了火車，而是為了地點，他是要選擇在**特定的地點**上殺人！」

「特定的地點？你指的是？」華生問。

「孤兒院的原址！」

「甚麼？那不會是⋯⋯？」李大猩赫然一驚。他雖然笨，但已馬上明白福爾摩斯的意思了。

「**對！兇手是為了報仇！**」福爾摩斯眼底閃過一下寒光，「他選擇在距離**孤兒院原址**只有數十碼的路段行兇，是要以盧埃林夫婦的死，來**弔祭**那數十個孤兒的亡魂！」

「呀！」狐格森想起甚麼似的說，「這麼說來，我查過猩蒙斯的背景了，據說他也是**孤兒出身**，難道——」

「難道他是那些小亡魂的院友？」李大猩緊接着搶問。

「極有可能。」福爾摩斯**神色凝重**地說，「如果這個推論沒錯，那麼，兇手幼時也肯定在那家**孤兒院**度過。當他知道在那兒挖出幾十具兒童的骸骨後，就決意為亡魂們**報仇**了！」

「啊……」華生的脊骨閃過一下**戰慄**，彷彿感受到兇手對盧埃林夫婦的痛恨。

安魂曲

四人認定盧埃林夫婦之死與**孤兒院原址**那幾十具**兒童骸骨**有關之後，就循此方向調查，去到了里奇鎮的一所小教堂。

「工人挖到這些骸骨後，警方為了**讓亡魂安息**，就把骸骨送到我們這裏來了。」一位個子矮小的牧師領着福爾摩斯四人，走進存放骸骨的石室，「裹着他們的**草蓆**大多已腐爛了，幸好有一位善長捐出數十副棺木，我們才能把骸骨好好安放。」

華生跟着牧師踏進石室，當那一排排**細小的棺木**映入眼簾時，他不禁**心裏一酸**，強忍着眼淚別過頭去不敢正視。

「太可憐了……」狐格森也搖頭歎息，「年紀這麼小，就丟了性命。」

「太可惡了！」李大猩**義憤填膺**，「孤兒院不是該好好地照顧孤兒的地方嗎？怎可以讓這麼多孤兒死得**不明不白**！」

福爾摩斯雖然已眼泛淚光，但仍冷靜地向牧師問道：「請問捐贈棺木的**善長**認識這些孤兒嗎？」

「我不知道他認不認識這些孤兒，只是……」牧師一頓，**深受感動**似的說，「只是……他看到那些骸骨後**非常激動**。令我更感意外的是，當他在一副骸骨旁看到一隻殘舊不堪的**小皮靴**時，更抱着它痛哭了好一會，那個情景實在令人動容。」

「啊？竟有此事？」福爾摩斯連忙問，「那隻**小皮靴**還在嗎？」

「還在呀。」說着，牧師走到一副棺木旁，

從中取出了那隻小皮靴。

福爾摩斯接過一看，訝異地說：「這皮靴真特別，鞋孔上竟穿着一根小鐵絲。」

華生三人湊過去看，果然，一根小鐵絲就像鞋帶一樣，穿在兩個鞋孔上。

「抱着它痛哭嗎……？」福爾摩斯盯着小鐵絲沉吟，「那位善長一定是睹物思人，從這隻皮靴想起了它的主人了。」

「是的。」華生說，「**穿着鐵絲的皮靴**太特別了，就算過了二三十年，也必定能一眼認出來。」

福爾摩斯想了想，向牧師說：「請問那位**善長**是鎮上的人嗎？」

「不，他是特意從倫敦來的，是個**小提琴家**。」

「甚麼？」聞言，福爾摩斯等人**不約而同**地嚇了一跳。不用說，他們在同一剎那，已想起那根綁在火車把手上的**琴弦**！

牧師以為四人聽不明白，再解釋道：「我常看小提琴演奏，一眼就把他認出來了。他就是著名的小提琴家**休伯特 · 布萊克***先生。」

「啊……！」福爾摩斯聽到這個名字，已完全呆住了。他這次的行程，正是要去格拉斯哥出席布萊克的**演奏會**。而死者

* 休伯特 · 布萊克的英文寫法是Hubert Black。

盧埃林夫婦要去的，也是這個演奏會！

福爾摩斯掏出懷錶看了看，說：「休伯特・布萊克的演奏會今晚8點在**格拉斯哥**的城市大劇院舉行，我們馬上乘下一班快車趕去吧！」

「你懷疑他就是兇手？」華生問。

「現在還不敢說，但希爾醫生說過，與他同房的那個**懷特先生**年約40歲，蓄着濃密的鬍子，長着一頭金髮，在面頰上方兩塊**黃色皮膚**的襯托下，那對**炯炯有神**的藍眼睛格外顯眼。」福爾摩斯說，「我年前看過布萊克的演奏，除了沒蓄着濃密的鬍子外，他的外觀與希爾醫生描述的幾乎**一模一樣**。」

「那麼，鬍子可能是假的，而懷特一定是**化名**。」李大猩説。

「對。」福爾摩斯眼底閃過一下寒光，「不過，這個**化名**正好暴露了他的真正身份。」

「甚麼意思？」華生問。

「布萊克（**Black**）即是『黑』，而懷特（White）即是『白』，他只是把『黑』改作『白』而已。」

「**啊！**」三人恍然大悟。

「他也真笨，竟然改一個這麼容易被人猜到的化名！」李大猩罵道。

「人的思維就是這麼有趣，明明是要作假，但也總會留下一星半點真的**蛛絲馬跡**。」福爾摩斯說。

四人趕到格拉斯哥城市大劇院時，已是晚上10點左右，演奏會也接近**尾聲**。他們表明身份後，悄悄地走進了演奏廳內。

「最後一首樂曲，是獻給我的**故友**，希望他們在天堂**安息**吧。」布萊克站在舞台的正中央，以平靜的口吻向觀眾說。

接著，他轉過頭去，向身後不遠處的鋼琴手點點頭。然後，他把**小提琴**放到肩上，深深地

吸了一口氣後，再把琴弓輕輕地放到琴弦上。

　　鋼琴手緩緩地按下了琴鍵，奏出了**明淨如鏡**的琴音。在鋼琴的旋律帶動下，布萊克輕輕地拉動琴弓，一陣*哀傷的樂曲*悠然地升起，

令本來已**鴉雀無聲**的音樂廳，忽然變得萬籟俱寂，只餘那婉轉悠揚的弦音在空氣中靜靜地飄盪。

　　「啊……那不是♪莫扎特的安魂曲嗎？」

華生心中感到一下悸動。他聽着聽着，不知怎的，從那悦耳的音符中，聽到了**恐懼**、**悲傷**、**無助**和**哀怨的控訴**。他的腦海中，更浮現出在小教堂裏靜靜地躺着的那幾十副**小棺木**。

舞台上的布萊克不斷地拉呀拉，在華生看來，他拉動的已不是一把**琴弓**。那麼，他拉動

的是甚麼？對！他拉動的是自己的靈魂！他報仇成功了，但音符中並無流露出半點喜悦，有的只是尋求救贖的哀傷。

華生不期然地偷偷看了看福爾摩斯、李大猩和狐格森，發現他們都神情肅穆地看着舞台中的布萊克，看來，他們的心中也有着相同的感受吧。

就在一曲將盡之際，布萊克温柔地一拉，拉出了最後一段如泣如訴的哀吟後，琴音戛然而止，只留下一絲絲餘韻仍在空中蕩漾。在靜默中沉醉

了片刻後，全場觀眾恍如**驀然驚醒**似的，掌聲轟然響起，震動了整個演奏廳。

待布萊克謝幕退場後，福爾摩斯四人去到了後台。李大猩掏出**手銬**表明身份，布萊克初時有點驚訝，但很快就順從地伸出了雙手。

他毫無保留地道出了一切，說他曾是那一家**孤兒院**的孤兒，因偷吃院長的**曲奇餅**被關進柴房中，在逃脫後得一富裕人家收養，並在

119

悉心栽培下成為了小提琴家。

「月前，我閱報得悉在孤兒院舊址附近的工地上，挖出了幾十副被**草蓆**包着的**兒童骸骨**，我馬上想起偷曲奇餅那一晚的情景⋯⋯」布萊克在審訊室中沉痛地憶述，「當時，我躲在桌下，偷聽到院長與一個男人在商量**撥款回扣**的事情。我很清楚記得，那個男人名叫**盧埃林**，他說要增加收入和減少支出，只須收容多一些孤兒，並減少一些**草蓆**就行。當時我聽不明白，但看到報道中提及『草蓆』時，我甚麼都明白了。」

「啊！」福爾摩斯也馬上明白了，「盧埃林口中的『草蓆』其實是**暗語**，指的是**孤兒**。他們為了減少支出，就⋯⋯」說到這裏，福爾摩斯也沒法再說下去了。

「對，就冷血地痛下殺手。」布萊克兩眼發出痛恨的光芒，「當時有些孤兒病了，院方說送他們去醫院，但往往**一去不回**。有些太頑劣的，被毒打一頓後也會被帶走，亦從此**人間蒸發**。那些骸骨中有一個是我的好友**小麥**，我認得那隻穿了鐵絲的**小皮靴**。」

「所以，你就贈送演奏會門票和火車票，誘使盧埃林夫婦墮進你的**復仇陷阱**？」福爾摩斯問。

「是的，他仍在福利局工作，我很輕易就找到了他，並對他進行了深入調查。」布萊克冷冷地一笑，「嘿嘿嘿，真是**造物弄人**啊！沒想到他竟是個音樂迷，而我卻是個小提琴家。我心想，這不是**上天的刻意安排**嗎？於是，我就想

出以演奏會門票誘他們夫婦倆入局的方法了。」

「可是，你為何不惜冒險暴露身份，以**琴弦**作為逃走工具呢？」福爾摩斯問。

「我本來是想用**魚絲**的，但一個不釣魚的人去買魚絲不是更惹人懷疑嗎？」布萊克苦

笑，「於是，我就順手把家中的琴弦拿來用了。但又怎會想到，在跳下火車時走得急，**拉斷**了一截也沒察覺啊。」

一個月後，華生從福爾摩斯口中得悉，布萊克死也**不肯招認**猩蒙斯是協助他逃走的**幫兇**。蘇格蘭場在證據不足下，只好放棄檢控猩

蒙斯。但布萊克卻必須接受最嚴屬的懲罰，**餘生**都要在獄中度過。

福爾摩斯對法庭的判決沒有異議，但他那番**字字鏗鏘**的說話，卻一直縈繞在華生的腦海中，久久不散。

「年幼的孤兒最須要**保護**，身為福利官的盧埃林夫婦不僅沒有好好照顧他們，還為了私利**肆意殘害**，實在**天理不容、死有餘辜！**」

科學小知識

【慣性】

在本集中，兇手布萊克在火車上殺人後，先在車卡之間的緩衝處躲起來，待剎車減速後才跳車逃走。他這樣做的原因，是因為當時的火車時速已達到100公里，當他在這麼高速的火車上跳下來時，其身體向前衝的運動慣性也是時速100公里，就算有空氣阻力和體重下墜的力可以令躍下的身體略為減速，但摔到地上也必受重傷。

所以，電影中的跳車情節大多是虛構的，千萬不要模仿啊！

不過，在不得已的情況下要跳車的話，也切勿面朝後地向下跳，因為在慣性的推動下，幾乎是必定背部和後腦着地。此外，面朝側地（與火車前進方向成直角）躍下也不好，最好是面朝前（火車前進的方向），努力地向後躍下。那麼，起碼可以減少背部和後腦着地的機會。

（火車移動的時速100公里）

（乘客身體移動的時速也是100公里）

那麼，慣性又是甚麼呢？把「牛頓第一定律」簡化成一句說話的話，那就是——在沒受外力影響下，物體在靜止的狀態下就會持續地靜止，在一定速度地運動下就會持續一定速度地運動。

所以，根據此定律，一個人坐在時速100公里的火車上向前移動時，其身體也會持續地以時速100公里向前移動。

福爾摩斯科學小實驗
慣性小測試！

「科學小知識」解説的慣性很有趣呢。

是啊！不如來做一個關於慣性的實驗吧。

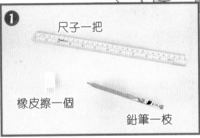

❶ 尺子一把

橡皮擦一個

鉛筆一枝

請先準備以上物品。

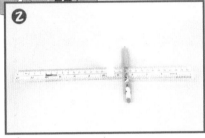

❷

如圖把尺子架在鉛筆上，再把橡皮擦豎在尺子上。

❸

急速拉動尺子，橡皮擦向後倒。

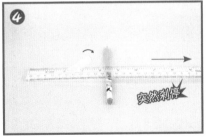

❹

突然剎停

拉動尺子後又突然停下，橡皮擦向前倒。

科學解謎　　為甚麼會出現圖3與圖4的兩個相反現象呢？原來，這都是因為運動的慣性作祟。圖3的橡皮擦原本是處於靜止狀態，根據牛頓第一定律，在沒受外力影響下，物體在靜止的狀態下就會持續地靜止。當急速拉動尺子時，尺子雖然急速移動，但橡皮擦的慣性是持續地靜止，拒絕跟隨尺子急速移動，所以就會向後倒下了。反之，圖4的橡皮擦的慣性是跟隨尺子的移動而移動着，但根據牛頓第一定律，在沒受外力影響下，物體在一定速度地運動下就會持續一定速度地運動。所以，當尺子突然剎停時，橡皮擦為了持續一定速度地向前運動，就只好向前倒了。　　（注意：做這個實驗時，要掌握好速度才會成功啊！）

火車①

你知道擬人化的火車玩具嗎？

當然知道啦！叫 Thomas & Friends 嘛。

想我送你一輛嗎？

不用了。

我想要另一款。

即是甚麼？

Holmes & Friends！

火車②

你知道英國最偉大的發明是甚麼嗎？

知道呀，是炸魚薯條。

傻瓜！你除了吃，甚麼也不懂嗎？

不對嗎？是甚麼發明？

與蒸汽有關的。

與蒸汽有關……？

我知道了！是蒸汽浴！

火車③

小兔子居然不知道蒸汽的偉大發明。

他那麼笨，當然不知道啦！

你知道？

當然。

真的？說說看。

本世紀最偉大的蒸汽發明，就是——

護膚用的納米蒸面機！

火車④

在火車上人有三急怎辦？

車上有廁所呀。

拉下來的屎和尿呢？

會掉到路軌上呀。

那不是很臭嗎？

臭才好呀。

臭得頑童不敢走近，就不會有意外啦！

大偵探
福爾摩斯
——快速列車謀殺案—— ㉖

原案／F・W・克勞夫茲
（本書原案出自F・W・克勞夫茲的《The Mystery of the Sleeping Car Express》。）

小說&監製／厲河

繪畫／鄭江輝（線稿）、陳秉坤（部分草圖）、李少棠（部分造景）

着色／陳沃龍、徐國聲、麥國龍　科學插圖／麥國龍

封面設計／陳沃龍　　內文設計／麥國龍

編輯／盧冠麟、郭天寶

出版
匯識教育有限公司
香港柴灣祥利街9號祥利工業大廈2樓A室

承印
天虹印刷有限公司
香港九龍新蒲崗大有街26-28號3-4樓

發行
同德書報有限公司
九龍官塘大業街34號楊耀松（第五）工業大廈地下
電話：(852)3551 3388　　傳真：(852)3551 3300

第一次印刷發行
Text：©Lui Hok Cheung
© 2022 Rightman Publishing Ltd. All rights reserved.

2022年12月

想看《大偵探福爾摩斯》的
最新消息或發表你的意見，
請登入以下facebook專頁網址。
www.facebook.com/great.holmes

購買圖書

翻印必究

ISBN:978-988-76231-4-4
港幣定價 HK$60
台幣定價 NT$300

若發現本書缺頁或破損，
請致電25158787與本社聯絡。

大偵探
福爾摩斯
印花
㉖

網上選購方便快捷　　購滿$100郵費全免
詳情請登網址 www.rightman.net